MES DERNIÈRES POÉSIES

ENTIÈREMENT INÉDITES

CONTENANT

LE CATÉCHISME RÉPUBLICAIN

Par Auguste BONNAFOUX

Herboriste, né à AUBENAS (Ardèche), le 1er Août 1846.

> On le peut, je l'essaie, un plus
> savant le fasse.
>
> LAFONTAINE.

Par Souscription à 50 cent.

NIMES

IMPRIMERIE ROUMIEUX, BOULEVART DES CALQUIÈRES, 10.
BALDY-RIFFARD, Successeur.

1875

MES DERNIÈRES POÉSIES

ENTIÈREMENT INÉDITES

CONTENANT

LE CATÉCHISME RÉPUBLICAIN

Par Auguste BONNAFOUX

Herboriste, né à AUBENAS (Ardèche), le 1er Août 1846.

On le peut, je l'essaie, un plus
savant le fasse.
LAFONTAINE.

Par Souscription à 50 cent.

NIMES

IMPRIMERIE ROUMIEUX, BOULEVART DES CALQUIÈRES, 10.
BALDY-RIFFARD. Successeur.

1875

CATÉCHISME RÉPUBLICAIN

Qu'est-ce que la République ?

La République est un gouvernement dans lequel tous les hommes jouissent au même degré des droits de citoyens, l'intérêt de chacun en particulier s'accorde avec les intérêts de tous en général, tout le monde, riche ou pauvre, a sa part du pouvoir, car tous les citoyens ont, non seulement le droit de nommer les députés, mais encore le droit d'être nommés eux-mêmes députés ou représentants à l'Assemblée nationale.

Qu'est-ce que l'Assemblée nationale ?

C'est la réunion de tous les citoyens choisis par les électeurs de la France, à l'effet de faire les lois et réglements de la République.

Quels sont les chefs de la République ?

Les chefs de la République sont ceux que choisit l'Assemblée nationale : leur pouvoir n'est que temporaire.

Quel est le pouvoir de ses chefs ?

Ils n'ont d'autre pouvoir que de faire exécuter les lois faites par l'Assemblée nationale qui, étant nommée par le peuple, représente le peuple dans toute sa souveraineté.

Combien y a-t-il d'espèces de royautés ?

Deux : la monarchie absolue et la monarchie constitutionnelle.

Qu'est-ce que la monarchie absolue ?

La royauté absolue laisse à un seul homme, le pouvoir exclusif et sans contrôle, de disposer de la vie, de la fortune et de la liberté des citoyens, qui sous ce gouvernement, s'appellent sujets, c'est-à-dire les soumis à la tyrannie du monarque.

Cette royauté a-t-elle existé en France ?

Elle a existé jusqu'en 1789, époque à laquelle éclata la première révolution.

Qu'est-ce qu'une monarchie constitutionnelle ?

C'est une forme de gouvernement dans lequel le pouvoir est partagé par un roi et deux assemblées. Ce gouvernement a existé de 1815 à 1848.

Donnez-nous quelques explications à ce sujet ?

Les deux chambres s'appelaient : l'une chambre des Pairs, l'autre chambre des Députés; la première était nommée par le roi, la seconde par des citoyens privilégiés, les plus riches, ou ceux qui payaient le plus d'impôts.

Quels sont les avantages d'un gouvernement républicain ?

Dans une République il n'y a plus de roi ni de famille royale, conséquemment plus de liste civile, plus de princes à marier, plus de princesses à doter, plus d'aides-de-camp d'antichambre, plus de chambellans, plus de courtisans, plus de laquais à nourrir et payer pour ne rien faire, la suppression de tous ces abus permettra alors de diminuer les impôts.

Mais il faudra bien payer ceux qui gouvernent le pays ?

Sans doute, mais non plus dans les mêmes proportions, les gros traitements des fonctionnaires seront diminués, les emplois inutiles supprimés. La République donne à ces fonctionnaires une juste rémunération du temps qu'ils consacrent à la servir, mais elle ne donne à aucun d'eux le moyen de s'enrichir scandaleusement, il y a plus de dévouement et d'honneur pour les employés que de véritables profits.

Quelle est la devise de la République ?

Liberté, Égalité, Fraternité.

Qu'entendez-vous par le mot Liberté ?

La liberté consiste à faire tout ce qui n'est pas défendu par les lois ; elle est l'exercice des droits que l'homme possède, et elle n'exclut pas les devoirs de citoyen ; le devoir et le droit se confondent.

Ne faut-il pas être éclairé pour connaître la liberté ?

Oui, car l'ignorance conduit à l'oppression et à l'immoralité.

L'instruction sera-t-elle générale ?

Oui, ce sera le meilleur titre des citoyens. Les instituteurs seront traités avec tous les égards qui leur sont dûs.

Sous la République professe-t-on les arts et les sciences ?

Oui, car les sciences, le commerce et les arts, sont indispensables à la gloire et aux besoins des peuples.

Quelle est la plus utile des sciences ?
Celle de l'agriculture.

Pourquoi ?

Parce qu'elle assure l'existence et la durée des peuples, elle rend les hommes meilleurs d'esprit et plus vigoureux de corps.

Une nation qui honore et respecte l'agriculture est assurée de longues et heureuses destinées.

Qu'est-ce que l'armée ?

C'est une réunion de citoyens désignés par le sort et qui restent constamment armés, organisés et disciplinés pour la défense de leur pays.

N'a-t-elle pas servi à d'autres usages ?

Les rois l'ont souvent employée à opprimer les peuples, parce qu'ils trompaient les soldats après avoir corrompu les chefs à force d'argent.

Ceci n'est plus à redouter ?

Non ceci est impossible sous la République, parce que citoyens et soldats ont tous la même origine, les mêmes intérêts, conséquemment le même esprit.

N'y a-t-il pas de réformes à opérer ?

Oui de très-grandes : la répartition des impôts, le soin de procurer du travail aux pauvres.

Comment se feront ces réformes ?

C'est l'Assemblée nationale qui décidera; mais à présent on sait que le gouvernement républicain a le projet de créer de grands ateliers nationaux où seront admis les travailleurs que n'emploie pas l'industrie privée ; ces ateliers seront assez variés pour que chaque ouvrier puisse y employer sa spécialité; les femmes, les enfants et même les vieillards seront employés chacun à leur manière, le travail est une vertu républicaine, l'oisiveté est un vice méprisable sous tous les gouvernements, même sous la République.

Qu'entendez-vous par l'anarchie ?

L'absence de loi, d'organisation, d'ordre, le pillage, le désordre, le brigandage sous toutes les formes, avec ses excès, il n'y a plus de sécurité pour personne.

Quels sont en abrégé les devoirs d'un républicain?

Il doit sans cesse régler sa conduite sur la grande sublime maxime de l'Evangile : « *Ne faites pas à autrui ce que vous ne voudriez pas qu'il vous fût fait.* »

Quelle est la conclusion de ce catéchisme ?

La conclusion de ceci est que sous une monarchie absolue, le peuple est esclave, sous la monarchie constitutionnelle, le peuple est délaissé; sous la République le peuple est souverain : alors il faut serrer nos rangs et crier : Vive la République avec des républicains.

LA FLEUR
ROMANCE

Fleurs d'un matin ô vous à peine écloses,
Que vos parfums s'exhalent vers les cieux,
Vous ranimez fronts sombres et moroses,
Et vos beautés embellissent nos yeux ;
Vous ranimez l'espérance bannie
Quelle beauté Dieu fit en vous créant,
Fille de Flore, fuyez la tyrannie,
Consolez-nous au réveil du printemps.

. . . .

Vous exhalez vos parfums dans la plaine,
Lorsqu'un doux vent répand vos saveurs,
L'abeille accourt dans votre beau domaine,
Bourdonne en paix sous vos tiges en fleurs ;
Les airs sont pleins jusqu'au riant mirage
De vos odeurs dont vos beautés répands,
Fleurs à venir rajeunissez notre âge,
Consolez-nous au réveil du printemps.

. . . .

Dans l'âge d'or l'on aimait sa toilette
Oh ! que des jeux dans ces soirées d'hiver,
La fleur était l'ornement des fillettes,
Et l'innocence n'avait aucun revers :
Partout brillait la vertu, la sagesse,
Mais non du tout des cœurs compromettants,
Ces temps ne sont plus, à présent vient l'ivresse
Rien ne sourit au réveil du printemps.

. . . .

Ce temps d'amour, ce temps de l'innocence,
Où le plaisir ranimait la candeur,
La douce paix conduisait l'abondance
Au sein des nuits aucun appas trompeur,
Ces temps sont plus, la fleur n'a plus de charme
Vain fol orgueil nous dévore à vingt ans,
Le luxe brille ici-bas, que d'alarmes,
Rien ne sourit au réveil du printemps.

LE BARDE DU PEUPLE

Barde du peuple et du peuple l'honneur
Tu n'étais pas de ceux qu'on peut corrompre
Faibles roseaux, gais enfants du malheur
Sous les autans tu pliais sans te rompre.

. . . .

. . . .

Honneur à toi, stoïque martyr,
Preux défenseur de la liberté sainte
Tu t'écrias : puisqu'il me faut mourir
Tirez sur moi, frères, n'ayez pas crainte.

Quand notre armée fut livrée à Sedan
Par ce bandit que la France abhore
Ta voix nous dit c'est la fin du tyran,
Frères, debout, rien n'est perdu encore.

Tu nous disais frappez l'homme sans cœur.
Frappez le fort exempt de toute crainte,
Frappez le mal, le vice suborneur,
Frappez, frappez votre colère sainte.

Tu nous disais que la fraternité
Est pour nous tous un beaume salutaire
Mort aux tyrans, vive la liberté,
Que voulais-tu les droits du prolétaire.

. . . .

. . . .

GARDONS LA RÉPUBLIQUE

CHANT PATRIOTIQUE

Air : *Muses des bois et des accords champêtres.*

Réveille-toi peuple trop magnanime,
De ce sommeil que t'ont donné les rois,
Va par tes chants et ta pensée intime,
Proclamer haut qu'on méconnaît tes droits
Et que partout l'élan démocratique,
Sonne l'éveil de la fraternité,
Pour être heureux gardons la république,
Le seul moyen de vivre en liberté.

Non, plus de rois qui désolent la terre,
Jetons sur eux nos dédaigneux regards,
Qu'ils soient maudits et que l'Europe entière
Chasse à jamais ces roitelets bâtards,
Républicains, brisons ce joug inique
Qui nous retient dans la servilité,
Pour être heureux gardons la République,
Le seul moyen de vivre en liberté.

Que le travail qui féconde la terre,
Fasse germer cet avenir prochain,
Unissons-nous et que la même mère,
Guide nos pas sur le même chemin.
Rejetons loin le pouvoir monarchique,
Reconnaissons la sainte égalité,
Pour être heureux gardons la République,
Le seul moyen de vivre en liberté.

La paix, la paix doit régner sur la terre,
Car désormais les peuples sont égaux,
Réclamons tous les droits du prolétaire,
Car ce sont eux qui souffrent tous les maux
Plus de tyrans qui jettent la panique,
Les rois s'en vont, place à l'humanité.
Pour être heureux gardons la République,
Le seul moyen de vivre en liberté.

LES VENDANGEURS

Chant Gaulois.

Gais vendangeurs allons en train
Vite à l'ouvrage,
Amis, prenons courage
Ce plaisir chasse le chagrin.
Fillettes entonnez ce refrain,
Chantons Bacchus sous ce touffu feuillage,
Le vin, l'espoir et la fécondité,
Enfants bientôt naîtra la liberté
Vive le vin, l'amour, la liberté.

Ce doux vin que nous amassons,
Qu'ou puisse en boire
Sans perdre la mémoire.
La marseillaise pour chanson
Soit le refrain des vignerons.
Républicains, gardons tous la mémoire,
De nos proscrits morts en captivité.
Enfants, bientôt naîtra la liberté,
Vive le vin, l'amour, la liberté.

Les Gaulois, nos anciens aïeux
Et quoique esclaves
Brisèrent toutes entraves ;
Leurs exemples furent glorieux ;
Ils chantèrent le vin, les dieux.
Le cep en mains, Brennus conduit ses braves
Sur un sol pur, fier de l'égalité.
Enfants bientôt naîtra la liberté,
Vive le vin, l'amour, la liberté.

LE GRAIN DE BLÉ

CHANT PHILOSOPHIQUE

Air : J'aime la République.

Sous une colère divine
Mystérieuse dans son cours,
De moissons, de ronce et d'épine,
Croissaient partout, croissaient toujours ;
Et l'homme frêle créature
Végétait sous un sombre ciel,
Brisant, ô marâtre nature,
Tes mamelles pleines de fiel.

Mais un souffle pur qui féconde
A fait tressaillir les déserts,
L'heure qui passe annonce au monde
Qu'il naît un nouvel univers ;
Peuples nourris de glands, silence,
Voyez, voyez cet inconnu,
Quel dessein l'agite, il s'élance
Comme vous pâle et demi-nu.

Il s'arrête, sa main est sûre
Et son regard n'est point troublé ;
Il fait au sol une blessure
Dans laquelle il jette du blé.
De votre abaissement extrême
Relevez-vous humanité,
Ce mortel sème un grain, il sème
Le génie et la liberté.

Il sème la grandeur de l'homme,
Langues, beaux-arts, divins écrits,
Il sème Athènes, il sème Rome,
Il sème Londres et Paris ;
Dans ce sillon encore humide,
Repose un monde souverain,
Une créature splendide
Va sortir de cet humble grain.

LE VIN

RONDE DE TABLE

Air : des *Gueux* de Béranger

Amis que la République
Soit notre idole toujours ;
Plus de pouvoir tyrannique
Vive le vin, les amours.

REFRAIN.

Le vin, le vin,
Bannit le chagrin,
Vive le vin
Gai boute-en-train.

Que dans nos chansons revive
L'espoir et la liberté,
En passant sur l'autre rive
Soyons toujours en gaîté.

Le vin, etc.

Du madère et du champagne
Faisons mousser les flacons,
Et puis battons la campagne
Auprès des jeunes tendrons.

Le vin, etc.

Que les dames de la terre
Admirent nos gais repas ;
Chantons en vidant le verre
Et puis prenons nos ébats.

Le vin, etc.

Amis fêtons à la ronde
Momus le dieu du plaisir,
La bouteille est en ce monde
La compagne du loisir.

    Le vin, etc.

Saluons amis l'aurore
De cet avenir prochain,
Que le vin qui s'évapore
Lui serve d'encens divin.

    Le vin, etc.

Béranger ce grand poëte,
Avec Collet et Panard,
Chaque soir à la guinguette
Chantaient le chant du départ.

    Le vin, le vin,
    Bannit le chagrin,
    Vive le vin
    Gai boute-en-train.

A NOS SŒURS D'ALSACE ET DE LORRAINE

HYMNE PATRIOTIQUE ; *Air* : du Chant de départ.

Ne pleurez plus, mes sœurs d'Alsace et de Lorraine,
Vos fils vengeurs viendront rompre vos fers ;
Ils vous arracheront à la lutte prochaine
    Car leur nom seul fait trembler l'univers.
    Républicains, crions vengeance
    Contre ces lâches oppresseurs,
    Bientôt le jour de délivrance
    Rendra libres nos chères sœurs.

REFRAIN.

    La République notre mère
    Va faire appel à ses enfants,
    Pour combattre sous sa bannière
    Les rois ces infâmes tyrans.

Républicains veillons à notre destinée,
Les prétendants veulent encor du sang ;
Ils ont livré nos sœurs à la Prusse abhorrée ;
    Tyrans maudits l'avenir vous attend.
    Pauvre Alsace et Lorraine espère,
    Bientôt nos vaillants bataillons
    Marcheront tous à la frontière
    A travers le feu des canons.

    La République, etc.

Jurons tous, citoyens, devant la République
D'anéantir tous ces vils scélérats,
Et de rompre à jamais le pouvoir tyrannique
    Et tous les rois les vouer au trépas.
    Républicains plus de frontières
    Tel est le cri de l'avenir,
    Tous les peuples deviendront frères
    Et la paix viendra nous unir.

    La République notre mère.

UN REPENTIR

ROMANCE

Air : *Vierge de France.*

—

Mon Dieu, j'ai fait plus d'un beau rêve
Etant rêveur sous un ciel pur,
Laissant l'amitié qui relève
La couronne d'un lit d'azur,
Me la déposer sur ma tête.
Voudrais-tu me faire mourir,
Je n'ai plus de baisers Lisette
J'aurai pour toi qu'un repentir.

Quand tu m'aimais sous la fougère
Tu fesais souvent les yeux doux,
Tu me disais, belle bergère
Jamais je te rendrai jaloux ;
Je me fiais à ce mystère
Je le gardais pour souvenir,
Je n'ai plus d'amitié, ma chère,
J'aurai pour toi qu'un repentir.

Vois-tu le ciel qui se colore?
Le soleil brille sur nous tous,
Il nous échauffe et plus encore
Fait naître la fleur parmi nous ;
Au champ puis renaît l'abondance ,
Laisse-moi donc je vais partir,
Je quitte le beau ciel de France
J'aurais pour toi qu'un repentir.

Auguste BONNAFOUX.

Nimes. — Imp. Roumieux, Baldy-Riffard. suc., Boulevart des Calquieres, 19.

9 782329 137421